紅樓夢第四回

薄命女偏逢薄命郎　葫蘆僧判斷葫蘆案

却說黛玉同姊妹們至王夫人處見王夫人與兄嫂處的來使計議家務又說姨母家遭人命官司等語因見王夫人事情冗雜姊妹們遂出來至寡嫂李氏房中來了原來這李氏即賈珠之妻珠雖夭亡幸存一子取名賈蘭今方五歲已入學攻書這李氏亦係金陵名宦之女父名李守中曾爲國子祭酒族中男女無不讀詩書者至李守中繼續以來便謂女子無才便爲德故生了便不十分認真讀書只不過將些女四書列女傳讀讀認得幾個字罷了記得前朝這幾個賢女便了却以紡績女紅爲要因取名爲李紈字宮裁因此這李紈雖青春喪偶且居處于膏粱錦繡之中竟如槁木死灰一般一槩不問不聞惟知侍親養子外則陪侍小姑等針黹誦讀而已今黛玉雖客居于此自有這幾個姑嫂相伴除老父之外餘者也就無用慮及了如今且說賈雨村授了應天府一到任就有件人命官司詳至案下乃是兩家爭買一婢各不相讓以致毆傷人命彼時雨村即拘原告之人來審那原告道被毆死者乃小人之主人因那日買了一個丫頭不想係拐子拐來賣的這拐子先已得了我家的銀子我家小主原說第三日方是好日子再接入門這拐子又悄悄的賣與了薛家被我們知道了去找拿賣主奪取丫頭

無奈薛家原係金陵一霸倚財仗勢衆豪奴將我小主人竟打死了兇身主僕巳皆逃走無蹤跡了只剩了幾個局外之人小人告了一年的狀竟無人作主求太老爺拘拿兇犯以扶善良存歿感激天恩不盡雨村聽了大怒道豈有這等事打死了人竟白白走了拿不來的發籤差公人立刻將兇犯家屬拿來拷問只見案傍立着一個門子使眼色不令他發籤雨村心下狐疑只得停了手退堂至密室令從人退去只留此門子一人伏侍門子忙上前請安笑問老爺一向加官進祿八九年來就忘了我了雨村道却十分面善一時想不起來門子笑道貴人多忘事把出身之地竟忘了不記得當年葫蘆廟裡之事麼雨村

大驚方憶起往事原來這門子本是葫蘆廟裡一個小沙彌因被火之後無處安身想這件生意到還輕省耐不得寺院淒涼景况遂趂年紀尚輕蓄了髮充當門子雨村那裡料得是他便忙攜手笑道原來是故人因令坐了好談這門子不敢坐雨村笑道貧賤之交不可忘也此係私室但坐何妨這門子方告了坐斜簽着坐了雨村道方纔何故不令發籤這門子道老爺榮任到此難道就没抄一張本省的護官符來不成雨村忙問何爲護官符門子道如今凡作地方官者皆有一個私单上面寫的是本省最有權勢極富貴的大鄉紳名姓各省皆然倘若不知一時觸犯了這樣的人家不但官爵只怕連性命也難保呢

所以叫做護官符方纔所說的這薛家老爺如何惹得他他這件官司並無難斷之處從前的官府都因礙着情分臉面所以如此一面說一面從順袋中取出一張抄的護官符來遞與雨村看時上面皆是本地大族名宦之家的諺俗口碑云賈不假白玉為堂金作馬阿房宮三百里住不下金陵一個史東海缺少白玉床龍王來請金陵王豐年好大雪珍珠如土金如鐵雨村尚未看完忽聞傳點報王老爺來拜雨村忙具衣冠出去接迎有頓飯工夫方回來問這門子門子道這四家皆連絡有親一損俱損一榮俱榮扶持遮飾皆有照應的今告打死人之薛就是豐年大雪之薛也不单靠這三家他的世交親友在都在

外者本亦不少老爺如今拿誰去雨村聽如此說便笑問門子道如你這樣說來却怎麼了結此案你大約也深知這兇犯躲的方向了門子笑道不瞞老爺說不但這兇犯躲的方向我知道並這拐賣的人我也知道死鬼買主也深知道待我細說與老爺聽這個被打死的乃是一個小鄉宦之子名喚馮淵父母俱亡又無兄弟守着些薄產度日年紀十八九歲酷愛男風不甚好女色這也是前生冤孽可巧遇見這拐子賣丫頭他便一眼看上了這丫頭立意買來作妾設誓不近男色也不再取第二個了所以鄭重其事必待三日後方進門誰知這拐子又偷賣與薛家他意欲捲了兩家的銀子而逃誰知又走不脫兩家

拿住打了個半死都不肯收銀各要領人那薛公子豈肯讓人的便喝令下人動手將馮公子打了個稀爛抬回去三日竟死了這薛公子原早擇下日子要上京去的既打了馮公子奪了丫頭他便如沒事人一般只管帶了家眷走他的路並非爲此而逃這人命些些小事自有他弟兄奴僕在此料理這且別說老爺可知這被賣之丫頭爲誰雨村道我如何得知門子冷笑道這人還是老爺的大恩人呢他就是葫蘆廟旁住的甄老爺的女兒小名英蓮的雨村駭然道原來就是他聞得他自五歲被人拐去却如今纔賣呢門子道這種拐子单拐的是幼女養至十二三歲帶至他鄉轉賣當日這英蓮我們天天哄他頑耍

極相熟的所以隔了七八年雖模樣出脫得齊整然大段未改所以認得他且他眉心中原有米粒大的一點胭脂痣從胎裡帶來的偏生這拐子又租了我的房舍居住那日拐子不在家我也曾問他他說是被拐子打怕了的萬不敢說只說拐子是他親爹因無錢還債故賣的我哄他再四他又哭了只說我原不記得小時之事這無可疑了那日馮公子相看了兌了銀子因拐子醉了英蓮自嘆說我今日罪孽可滿了後又聽見馮公子三日後纔令過門他又轉有憂愁之態我又不忍等拐子出去又叫內人去解釋他這馮公子必待好日期來接可知必不以丫鬟相看况他是個絕風流人品家里頗過得素性又最厭

惡堂客今竟破價買你後事不言可知只耐得三兩日何必憂悶他聽如此說方畧解些自謂從此得所誰料天下竟有不如意事第二日他偏又賣與了薛家若賣與第二家還好這薛公子的混名人稱他獃霸王最是天下第一個弄性尙氣的人而且使錢如土這打了個落花流水生拖死拽把個英蓮拖去如今也不知死活這馮公子空喜一場一念未遂反花了錢送了命豈不可歎雨村聽了亦歎道這也是他們的孽障遭遇亦非偶然不然這馮淵如何偏只看上了這英蓮這英蓮受了拐子這幾年折磨纔得了個頭路且又是個多情的若果聚合了倒是件美事偏又生出這段事來這薛家縱比馮家富貴想其爲人自然姬妾衆多淫佚無度未必及馮淵定情于一人這正爲夢幻情緣恰遇見一對薄命兒女且不要議論他人只目今這官司如何剖斷纔好門子笑道老爺當年何其明決今日何反成個沒主意的人了小的聞得老爺補陞此任係賈府王府之力此薛蟠卽賈府之親老爺何不順水行舟做個人情將此案了結日後也好去見賈王二公雨村道你說的何嘗不是但事關人命蒙皇上隆恩起復委用正竭力圖報之時豈可因私枉法是寔不忍爲的門子聽了冷笑道老爺說的何嘗不是但如今世上是行不去的豈不聞古人有言大丈夫相時而動又曰趨吉避兇者爲君子依老爺這說不但不能報効朝廷亦且自

身不保還要三思爲妥雨村低了頭半日方說道依你怎麽樣門子道小人已想了個極好的主意在此老爺明日坐堂只管虛張聲勢動文書發籤拿人兇犯自然是拿不來的原告固是不依自然將薛家族人及奴僕人等拿幾個來拷問小的在暗中調停令他們報個暴病身亡合族中及地方上共遞一張保呈老爺只說善能扶鸞請仙堂上設了乩壇令軍民人等只管來看老爺只說乩仙批了死者馮淵與薛蟠原係夙孽今狹路相遇原因了結今薛蟠已得了無名之病被馮魂追索而死其禍皆由拐子而起除將拐子按法處治外餘不畧及等語小人暗中囑拐子令其實招衆人見乩仙批語與拐子相符自然不疑了薛家有的是錢老爺斷一千也可五百也可與了馮家作燒埋之費那馮家也無甚要緊的人不過爲的是錢有了銀子也就無話了老爺細想此計如何雨村笑道不妥不妥等我再斟酌斟酌或可壓服口聲也罷了二人計議已定至次日坐堂勾取一干有名人犯雨村詳加審問果見馮家人口稀少不過賴此欲得些燒埋之銀薛家仗勢倚情偏不相讓故致顛倒未决雨村便循情枉法胡亂判斷了此案馮家得了許多燒埋銀子也就無甚話說了雨村便疾忙修書二封與賈政並京營節度使王子騰不過說令甥之事已完不必過慮之言寄去此事皆由葫蘆廟內沙彌新門子所爲雨村又恐他對人說出當日

貧賤時事來因此心中大不樂意後來到底尋了他一個不是遠遠的充發了纔罷當下言不着雨村且說那買了英蓮打死馮淵的那薛公子亦係金陵人氏本是書香繼世之家只是如今這薛公子幼年喪父寡母又憐他是個獨根孤種未免溺愛縱容些遂致老大無成且家中有百萬之富現領着內帑錢糧採辦雜料這薛公子學名薛蟠表字文起性情奢侈言語傲慢雖也上過學不過畧識幾個字終日惟有鬥雞走馬遊山玩景而已雖是皇商一應經紀世事全然不知不過賴祖父舊日的情分戶部掛虛名支領錢糧其餘事體自有夥計老家人等措辦寡母王氏乃現任京營節度使王子騰之妹與榮國府賈政的夫人王氏是一母所生的姊妹今年方四十上下只有薛蟠一子還有一女比薛蟠小兩歲乳名寶釵生得肌骨瑩潤舉止嫻雅當時他父親在日極愛此女令其讀書識字較之乃兄竟高十倍自父親死後見哥哥不能安慰母心他便不以書字爲念只留心針黹家計等事好爲母親分憂代勞近因今上崇尚詩禮徵採才能降不世之隆恩除聘選妃嬪外在世宦名家之女皆得親名達部以備選擇爲宮主郡主入學陪侍充爲才人贊善之職自薛蟠父親死後各省中所有的買賣承局總管夥計人等見薛蟠年輕不諳世事便趂時拐騙起來京都幾處生意漸亦銷耗薛蟠素聞得都中乃第一繁華之地正思一遊便

趂此機會一來送妹待選二來望親三來親自入部銷算舊賬再計新支其實只為遊覽上國風光之意因此早已檢點下行裝細軟以及饋送親友各色土物人情等類正擇日起身不想偏遇了那拐子買了英蓮薛蟠見英蓮生得不俗立意買了又遇馮家來奪因恃強喝令手下豪奴將馮淵打死他便將家中事務一一囑托了族中人並幾個老家人他便帶了母妹等竟自起身長行去了人命官司他却視為兒戲自謂花上幾個臭錢沒有不了的在路不計其日那日已將入都又聞得母舅王子騰陞了九省統制奉旨出都查邊薛蟠心中暗喜道我正愁進京去有母舅管轄不能任意揮霍如今陞出去可知天從人

願因和母親商議道偺們京中雖有幾處房舍只是這十年來沒人居住那看守的人未免偷着租賃與人須得先着人去打掃收拾纔好他母親道何必如此招搖偺們這進京去原是先拜望親友或是在你舅舅處或是你姨爹家他兩家的房舍極是寬厰的偺們且住下再慢慢的着人去收拾豈不消停些薛蟠道如今舅舅正陞了外省去家裡自然忙亂起身偺們這回子反一窩一拖的奔了去豈不沒眼色些他母親道你舅舅雖陞了去還有你姨爹家况這幾年來你舅舅姨娘兩處每每帶信稍書接偺們來如今既來了你舅舅雖忙着起身你賈家的姨娘未必不苦留我們偺們且忙忙的收拾房子豈不使人見

怪你的意思我却知道守着舅舅姨母住着未免拘緊了你不如各住好任意施爲你旣如此你自去挑所宅子去住我和你姨娘姊妹們别了這幾年却要厮守幾日我帶了你妹子去投你姨娘家去你道好不好薛蟠見母親如此說情知扭不過的只得吩咐人夫一路奔榮國府而來那時王夫人已知薛蟠官司一事虧賈雨村就中維持了纔放了心又見哥哥陞了邊缺正愁少了娘家的親戚來往略加寂寞過了幾日忽家人報姨太太帶了哥兒姐兒合家進京在門外下車了喜的王夫人忙帶了人接出大廳來將薛姨媽等接了進去姊妹們暮年相見悲喜交集自不必說叙了一番契濶又引着拜見賈母將人情

土物各種酬獻了合家俱厮見過又治席接風薛蟠拜見過賈政賈璉又引着見了賈赦賈珍等賈政便使人上來對王夫人說姨太太已有了春秋外甥年輕不知庶務在外住着恐又要生事偺們東南角上梨香院一所十來間白空閒着叫人打掃了請姨太太和姐兒哥兒住了甚好王夫人原要留住賈母也就遣人來說請姨太太就在這裏住下大家親密些薛姨媽正欲同居一處方可拘緊些兒若另在外恐縱性惹禍遂忙道謝應允又私與王夫人說明一應日費供給一槩免却方是處常之法王夫人知他家不難于此遂亦從其愿從此後薛家母子就在梨香院中住了原來這梨香院乃當日榮公暮年養靜之

所小小巧巧約有十餘間房舍前廳後舍俱全另有一門通街薛蟠家人就走此門出入西南又有一角門通一夾道出了夾道便是王夫人正房的東院了每日或飯後或晚間薛姨媽便過來或與賈母閒談或與王夫人相叙寶釵日與黛玉迎春姊妹等一處或看書下棋或做針黹到也十分樂意只是薛蟠起初原不欲在賈府中居住生恐姨父管束不得自在無奈母親執意在此且賈宅中又十分殷勤苦留只得暫且住下一面使人打掃出自家的房屋再移居過去誰知自此間住了不上一月賈宅族中凡有的子姪俱已認熟了一半都是那些紈袴氣習莫不喜與他來往今日會酒明日觀花甚至聚賭嫖娼無所

不至引誘的薛蟠比當日更壞了十倍雖說賈政訓子有方治家有法一則族大人多照管不到三則現在房長乃是賈珍彼乃寧府長孫又現襲職凡族中事都是他掌管三則公私冗雜且素性瀟洒不以俗事爲要每公暇之時不過看書着棋而已况這梨香院相隔兩層房舍又有街門別開任意可以出入這些子弟們可以放意暢懷的因此遂將移居之念漸漸打滅了日後何如下回分解

紅樓夢第四回終

紅樓夢第五囘

賈寶玉神遊太虛境　警幻仙曲演紅樓夢

第四囘中旣將薛家母子在榮府中寄居等事畧已表明此囘則暫不能寫矣如今且說林黛玉自在榮府一來賈母萬般憐愛寢食起居一如寶玉而迎春惜春探春三個孫女倒且靠後便是寶玉和黛玉二人之親密友愛處亦較別個不同日則同行同坐夜則同止同息眞是言和意順似漆如膠不想如今忽然來了一個薛寶釵年紀雖大不多然品格端方容貌美麗人謂黛玉所不及而寶釵行爲豁達隨分從時不比黛玉孤高自許目無下塵故深得下人之心便是那些小丫頭們亦多與寶

釵頑笑因此黛玉心中便有些不忿之意寶釵却渾然不覺那寶玉亦在孩提之間況自天性所稟一片愚拙偏僻視姊妹兄弟皆出一意並無親疏遠近之別如今與黛玉同處賈母房中坐卧故畧比別個姊妹熟慣些旣熟慣則更覺親密旣親密則不免有求全之毁不虞之隙這日不知爲何他二人言語有些不合起來黛玉又在房中獨自垂淚寶玉又自悔言語冒撞前去俯就那黛玉方漸漸囘轉來因東邊寧府花園內梅花盛開賈珍之妻尤氏乃治酒具請賈母邢夫人王夫人等賞花是日先帶了賈蓉夫妻二人來面請賈母等於早飯後過來就在會芳園遊玩先茶後酒不過是寧榮二府眷屬家宴並無別樣新

文趣事可記一時寶玉倦怠欲睡中覺賈母命人好生哄着歇息一回再來賈蓉之妻秦氏便忙笑道我們這裡有給寶叔收拾下的屋子老祖宗放心只管交與我就是了親向寶玉的奶娘丫鬟等道嬷嬷姐姐們請寶叔隨我這裡來賈母素知秦氏是極妥當的人生得裊娜纖巧行事又温柔和平乃重孫媳中第一個得意之人見他去安置寶玉自是安穩的當下秦氏引了一簇人來至上房內間寶玉抬頭看見是一幅畫貼在上面人物固好其故事乃是燃藜圖也心中便有些不快又有一幅對聯寫的是

世事洞明皆學問　人情練達即文章

及看了這兩句縱然室宇精美鋪陳華麗亦斷斷不肯在這裡了忙說快出去快出去秦氏聽了笑道這裡還不好往那裡去呢不然往我屋裡去罷寶玉點頭微笑有一嬷嬷說道那裡有個叔叔往姪兒媳婦房裡睡覺的禮秦氏笑道噯喲不怕他惱他能多大了就忌諱這些麼上月你没有看見我那個兄弟來了雖然和寶叔同年兩個人若站在一處只怕那一個還高些呢寶玉道我怎麼没有見過他你帶他來我瞧瞧衆人笑道隔着二三十里那裡帶去見的日子有呢說着大家來至秦氏房中剛至房中便有一股細細的甜香襲人寶玉便覺得眼餳骨軟連說好香入房向壁上看時有唐伯虎畫的海棠春睡圖兩

邊有宋學士秦太虛寫的一對聯云

嫩寒鎖夢因春冷　芳氣襲人是酒香

案上設着武則天當日鏡室中設的寶鏡一邊擺着飛燕立著舞的金盤盤內盛着安祿山擲過傷了太真乳的木瓜上面設着壽昌公主於含章殿下卧的寶榻懸的是同昌公主製的連珠帳寶玉含笑道這裡好這裡好秦氏笑道我這屋子大約神仙也可以住得的說着親自展開了浣過的紗衾移了紅娘抱過的鴛枕於是衆奶姆伏侍寶玉卧好款款散去只留下襲人秋紋晴雯麝月四個丫鬟爲伴秦氏便分付小丫鬟們好生在簷下看着猫兒打架那寶玉纔合上眼便恍恍惚惚的睡

去猶似秦氏在前遂悠悠蕩蕩隨了秦氏至一所在但見朱欄玉砌綠樹清溪真是人跡不逢飛塵罕到寶玉在夢中歡喜想道這個去處有趣我就在這裡過一生雖然失了家也愿意強如天天被父母先生打去忽胡思之間聽見山後有人作歌曰

春夢隨雲散　飛花逐水流

寄言衆兒女　何必覓閑愁

寶玉聽了是女兒的聲氣歌音未息早見那邊走出一個麗人來蹁躚裊娜與凡人不同有賦爲証

方離柳塢乍出花房但行處鳥驚庭樹將到時影度迴廊仙袂乍飄兮聞麝蘭之馥郁荷衣欲動兮聽環珮之鏗鏘

靨笑春桃兮雲堆翠髻唇綻櫻顆兮榴齒含香盼纖腰之楚楚兮風廻雪舞耀珠翠之輝煌兮鴨緑鵝黄出沒花間兮宜嗔宜喜徘徊池上兮若飛若揚蛾眉顰笑兮將言而未語蓮步乍移兮欲止而欲行羨彼之良質兮氷清玉潤慕彼之華服兮閃爍文章愛彼之容貌兮香培玉篆美彼之態度兮鳳翥龍翔其素若何春梅綻雪其潔若何秋蕙披霜其靜若何松生空谷其艷若何霞映澄塘其文若何龍遊曲沼其神若何月射寒江應慚西子寔愧王嬙奇矣哉生于孰地來自何方信矣乎瑤池不二紫府無雙果何人哉若斯之美也

寶玉見是一個仙姑喜的忙來作揖笑問道神仙姐姐不知從那裡來如今要往那裡去我也不知這裡是何處望乞攜帶攜帶那仙姑道吾居離恨天之上灌愁海之中乃放春山遣香洞太虛幻境警幻仙姑是也司人間之風情月債掌塵世之女怨男痴因近來風流冤孽纏綿於此是以前來訪察機會佈散相思今日與尔相逢亦非偶然此離吾境不遠别無他物僅有自採仙茗一盞親釀美酒一甕素練魔舞歌姬數人新填紅樓夢仙曲十二支可試隨我一遊否寶玉聽了喜躍非常便忘了秦氏在何處竟隨了仙姑至一所在有石牌橫建上書太虛幻境四大字兩邊一幅對聯乃是

假作真時真亦假　無爲有處有還無

轉過牌坊便是一座宮門上横書四個大字道是孽海情天又有一幅對聯大書云

厚地高天堪嘆古今情不盡
痴男怨女可憐風月債難酬

寳玉看了心下自思道原來如此但不知何爲古今之情又何爲風月之債從今倒要領略領略寳玉只顧如此一想不料早把些邪魔招入膏肓了當下隨了仙姑進入二層門內只見兩邊配殿皆有匾額對聯一時看不盡許多惟見幾處寫着的是痴情司結怨司朝啼司暮哭司春感司秋悲司看了因向仙姑道敢煩仙姑引我到那各司中遊玩遊玩不知可使得仙姑道

此中各司貯的是普天之下所有的女子過去未來的簿冊尔凡眼塵軀未便先知的寳玉聽了那裡肯依復央之再四警幻便看這司的匾說也罷就在此司內略隨喜隨喜罷寳玉喜不能勝抬頭看這司的匾上乃是薄命司三字兩邊寫着對聯道

春恨秋悲皆自惹
花容月貌爲誰妍

寳玉看了便知感歎進入門中只見有十數個大橱皆用封條封着看那封條上皆有各省字樣寳玉一心只揀自已家鄉的封條看只見那邊橱上封條大書金陵十二釵正冊寳玉因問何爲金陵十二釵正冊警幻道即貴省中十二冠首女子之冊

故爲正册寶玉道常聽人說金陵極大怎麽只十二個女子如今单我們家裡上上下下就有幾百個女孩兒警幻微笑道貴省女子固多不過擇其緊要者録之兩邊二橱則又次之餘者庸常之輩則無册可録矣寶玉再看下首一橱上寫着金陵十二釵副册又一橱上寫着金陵十二釵又副册寶玉便伸手先將又副册橱門開了拿出一本冊來揭開看時只見這首頁上畫的既非人物亦非山水不過是水墨滃染滿紙烏雲濁霧而已後有幾行字跡寫道是

霽月難逢　彩雲易散　心比天高　身爲下賤

風流靈巧招人怨　壽夭多因誹謗生　多情公子空牽

念

寶玉看了又見後面畫着一簇鮮花一床破蓆也有幾句言詞寫道是

枉自温柔和順　空云似桂如蘭

堪羨優伶有福　誰知公子無緣

寶玉看了不解遂擲下這箇去開了副册橱門拿起一本冊來揭開看時只見畫着一枝桂花下面有一池沼其中水涸泥乾蓮枯藕敗後面書云

根並荷花一莖香　平生遭際實堪傷

自從兩地生孤木　致使香魂返故鄉

寶玉看了又不解又去取正册看只見頭一頁上便畫着兩株枯木木上懸着一圍玉帶又有一堆雪雪下一股金簪也有四句詩道

可歎停機德　誰憐咏絮才

玉帶林中掛　金簪雪裡埋

寶玉看了仍不解待要問時知他必不肯洩漏天機待要丟下又不捨遂往後看時只見畫着一張弓弓上掛着一香櫞也有一首歌詞云

二十年來辯是非　榴花開處照宮闈

三春怎及初春景　虎兕相逢大夢歸

後面又畫着兩人放風箏一片大海一隻大船船中有一女子掩面泣涕之狀也有四句寫云

才自清明志自高　生於末世運偏消

清明涕送江邊望　千里東風一夢遙

後面又畫幾縷飛雲一灣逝水其詞曰

富貴又何為　襁褓之間父母違

展眼弔斜暉　湘江水逝楚雲飛

後面又畫著一塊美玉落在泥污之中其斷語云

欲潔何曾潔　云空未必空

可憐金玉質　終掉陷泥中

後面忽畫一惡狼追撲一美女欲啖之意其書云

子係中山狼　得志便猖狂
金閨花柳質　一載赴黃粱

後面便是一所古廟裡面有一美人在內看經獨坐其判云

勘破三春景不長　緇衣頓改昔年粧
可憐繡戶侯門女　獨臥青燈古佛傍

後面便是一片冰山上有一隻雌鳳其判云

凡鳥偏從末世來　都知愛慕此生才
一從二令三人木　哭向金陵事更哀

後面又是一座荒村野店有一美人在那裡紡績其判曰

勢敗休云貴　家亡莫論親
偶因濟劉氏　巧得遇恩人

詩後又畫一盆茂蘭傍有一位鳳冠霞帔的美人也有判云

桃李春風結子完　到頭誰似一盆蘭
如冰水好空相妒　枉與他人作笑談

詩後又畫一座高樓上有一美人懸梁自盡其判云

情天情海幻情身　情既相逢必主淫
漫言不肖皆榮出　造釁開端寔在寧

寶玉還欲看時那仙姑知他天分高明性情穎慧恐洩漏天機便掩了卷冊笑向寶玉道且隨我去遊玩奇景何必在此打這

悶葫蘆寶玉恍恍惚惚不覺棄了卷冊又隨了警幻來至後面但見朱簾綉幙畫棟雕簷說不盡的光搖朱戶金鋪地雪照瓊窓玉作宮更見仙花馥郁異草芬芳真個好所在又聽警幻笑道你們快出來迎接貴客一言未了只見房中走出幾個仙子來皆是荷袂蹁躚羽衣飄舞嬌若春花媚如秋月一見了寶玉都怨謗警幻道我們不知係何貴客忙的接了出來姐姐曾說今日今時必有絳珠妹子的生魂前來遊玩故我久待何故反引這濁物來汚染這清淨女兒之境寶玉聽如此說便唬得欲退不能果覺自形汚穢不堪警幻忙攜住寶玉的手向衆姊妹笑道你等不知原委今日原欲往榮府去接絳珠適從寧府經

過偶遇榮寧二公之靈囑吾云吾家自國朝定鼎以來功名奕世富貴流傳已歷百年奈運終數盡不可挽回我等之子孫雖多竟無可以繼業者惟嫡孫寶玉一人禀性乖張性情怪譎雖聰明靈慧畧可望成無奈吾家運數合終恐無人規引入正幸仙姑偶來可望先以情慾聲色等事警其痴頑或能使彼跳出迷人圈子入于正路亦吾兄弟之幸矣如此囑吾故發慈心引彼至此先以彼家上中下三等女子之終身冊籍令彼熟玩尚未覺悟故引彼再到此處令其歷飲饌聲色之幻或冀將來一悟未可知也說畢攜了寶玉入室但聞一縷幽香不知所聞何物寶玉遂不住相問警幻冷笑道此香塵世中所無爾何能知

此係諸名山勝境初生異卉之精合各種寶林珠樹之油所製名爲羣芳髓寶玉聽了自是羨慕而已大家入座小鬟捧上茶來寶玉自覺香清味美迥非常品因又問何名警幻道此茶出在放春山遣香洞又以仙花靈葉上所帶宿露而烹此茶名曰千紅一窟寶玉聽了點頭稱賞因看房內瑤琴寶鼎古畫新詩無所不有更喜窗下亦有唾絨奩間時漬粉汚壁上亦有一副對聯書云

幽微靈秀地　無可奈何天

寶玉看畢無不羨慕因又請問衆仙姑姓名一名痴夢仙姑一名鍾情大士一名引愁金女一名度恨菩提各各道號不一少

刻有小鬟來調桌安椅擺設酒饌真是瓊漿滿泛玻璃盞玉液濃斟琥珀杯更不用再說此饌之盛寶玉因此酒香冽異常又不禁相問警幻道此酒乃以百花之蕊萬木之汁加以麟髓之醅鳳乳之麴釀成因名爲萬艶同杯寶玉稱賞不迭飲酒間又有十二個舞女上來請問演何調曲警幻道就將新製紅樓夢十二支演上來舞女們答應了便輕敲檀板款按銀箏聽他歌道是

開闢鴻濛

方歌了一句警幻道此曲不比塵世中所填傳奇之曲必有生旦淨末之則又有南北九宮之節此或咏歎一人或感懷一事

偶成一曲即可譜入管絃若非個中人不知其中之妙料尔亦未必深明此調若不先閱其稿後聽其曲反成嚼蠟矣說畢回頭命小嬛取了紅樓夢原稿來遞與寶玉寶玉接過來一面目視其文耳聆其歌曰

（紅樓夢引子）開闢鴻濛誰爲情種都只爲風月情濃奈何天傷懷日寂寥時試遣愚衷因此上演出那這悲金悼玉的紅樓夢

（終身悞）都道金玉良緣俺只念木石前盟空對着山中高士晶瑩雪終不忘世外仙姝寂寞林嘆人間美中不足今方信縱然是齊眉舉案到底意難平

（枉凝眉）一個是閬苑仙葩一個是美玉無瑕若說沒奇緣今生偏又遇着他若說有奇緣如何心事終虛話一個枉自嗟呀一個空勞牽掛一個是水中月一個是鏡中花想眼中能有多少淚珠兒怎經得秋流到冬春流到夏

却說寶玉聽了此曲散漫無稽未見得好處但其聲韵凄婉竟能銷魂醉魄因此也不問其原委也不究其來歷就暫以此釋悶而已因又看下面道

（恨無常）喜榮華正好恨無常又到眼睜睜把萬事全拋蕩悠悠芳魂銷耗望家鄉路遠山高故向爹娘夢裡相尋告兒命已入黃泉天倫呵須要退步抽身早

〔分骨肉〕一帆風雨路三千把骨肉家園齊來拋閃恐哭損殘年告爹娘休把兒懸念自古窮通皆有定離合豈無緣從今分兩地各自保平安奴去也莫牽連

〔樂中悲〕襁褓中父母嘆雙亡縱居那綺羅叢誰知嬌養幸生來英豪闊大寬宏量從未將兒女私情畧縈心上好一似霽月光風耀玉堂厮配得才貌仙郎博得個地久天長準折得幼年時坎坷形狀終久是雲散高唐水涸湘江這是塵寰中消長數應當何必枉悲傷

〔世難容〕氣質美如蘭才華馥比仙天生成孤癖人皆罕你道是啖肉食腥羶視綺羅俗厭却不知好高人愈妒過潔世同嫌可嘆這青燈古殿人將老孤負了紅粉朱樓春色闌到頭來依舊是風塵骯髒違心愿好一似無瑕白玉遭泥陷又何須王孫公子嘆無緣

〔喜冤家〕中山狼無情獸全不念當日根由一味的驕奢淫蕩貪還搆覷著那侯門艷質同蒲柳作踐的公府千金似下流嘆芳魂艷魄一載蕩悠悠

〔虛花悟〕將那三春看破桃紅柳綠待如何把那韶華打滅那清淡天和說什麼天上天桃盛雲中杏蕊多到頭來誰見把秋捱過則看那白楊村裏人嗚咽青楓林下鬼吟哦更兼著連天衰草遮墳墓這的是昨貧今富人勞碌春榮

秋謝花折磨似這般生關死劫誰能躲聞說道西方寶樹喚婆娑上結著長生菓

（聰明累）機關算盡太聰明反算了卿卿性命前生心已碎死後性空靈家富人寧終有個家亡人散各奔騰枉費了意懸懸半世心好一似蕩悠悠三更夢忽喇喇似大廈傾昏慘慘似燈將盡呀一塲歡喜忽悲辛嘆人世終難定

（留餘慶）留餘慶留餘慶忽遇恩人幸娘親娘親積得陰功勸人生濟困扶窮休似俺那愛銀錢忘骨肉的狠舅奸兄正是乘除加減上有蒼穹

（晚韶華）鏡裡恩情更那堪夢裡功名那美韶華去之何迅

再休提繡帳鴛衾只這戴珠冠披鳳襖也抵不了無常性命雖說是人生莫受老來貧也須要陰隲積兒孫氣昂昂頭戴簪纓光燦燦胸懸金印威赫赫爵祿高登昏慘慘黃泉路近問古來將相可還存也只是虛名兒與後人欽敬

（好事終）畫梁春盡落香塵擅風情秉月貌便是敗家的根本箕裘頹墮皆從敬家事消亡首罪寧宿孽總因情

（飛鳥各投林）為官的家業凋零富貴的金銀散盡有恩的死裡逃生無情的分明報應欠命的命已還欠淚的淚已盡冤冤相報豈非輕分離聚合皆前定欲知命短問前生老來富貴也真僥倖看破的遁入空門癡迷的枉送了性

命好一似食盡鳥投林落了片白茫茫大地真干凈

歌畢還又歌副歌警幻見寶玉甚無趣味因歎癡兒竟尚未悟那寶玉忙止歌姬不必再唱自覺朦朧恍惚告醉求卧警幻便命撤去殘席送寶玉至一香閨綉閣中其間鋪陳之盛乃素所未見之物更可駭者早有一位女子在內其鮮艷嫵媚有似乎寶釵風流裊娜則又如黛玉正不知何意忽警幻道塵世中多少富貴之家那些綠窗風月綉閣烟霞皆彼淫污紈袴與那些流蕩女子悉皆玷辱更可恨者自古來多少輕薄浪子皆以好色不淫為解又以情而不淫作案此皆飾非掩醜之語也好色即淫知情更淫是以巫山之會雲雨之歡皆由既悅其色復戀

其情所致也吾所愛汝者乃天下古今第一淫人也寶玉聽了唬的忙答道仙姑差了我因懶於讀書家父母尚每垂訓飭豈敢再冒淫字況且年紀尚幼不知淫為何物警幻道非也淫雖一理意則有別如世之好淫者不過悅容貌喜歌舞調笑無厭雲雨無時恨不能天下之美女供我片時之趣興此皆皮膚濫淫之蠢物耳如爾則天分中生成一段癡情吾輩推之為意淫惟意淫二字可心會而不可口傳可神通而不能語達汝今獨得此二字在閨閣中固可為良友然於世道中未免迂闊怪詭百口嘲謗萬目睚眦今既遇令祖寧榮二公剖腹深囑吾不忍君獨為我閨閣增光而見棄于世道故引子前來醉以美酒沁

以仙名警以妙曲再將吾妹一人乳名兼美表字可卿者許配與汝今夕良時卽可成姻不過令汝領畧此仙閨幻境之風光尙然如此何况塵境之情景哉而今後萬萬解釋改悟前情留意于孔孟之間委身于經濟之道說畢便秘授以雲雨之事推寶玉入房中將門掩上自去那寶玉恍恍惚惚依警幻所囑之言未免有兒女之事難以盡述至次日便柔情繾綣軟語溫存與可卿難解難分因二人攜手出去遊玩之時忽然至一個所在但見荆榛遍地狼虎同行迎面一道黑溪阻路並無橋梁可通正在猶豫之間忽見警幻從後追來說道快休前進作速回頭要緊寶玉忙止步問道此係何處警幻道此卽迷津也深有

萬丈遙亘千里中無舟楫可通只有一個木筏乃木居士掌柁灰侍者撐篙不受金銀之謝但遇有緣者渡之爾今偶遊至此設如墮落其中則深負我從前諄諄警戒之語矣話猶未了只聽迷津內響如雷聲有許多夜义海鬼將寶玉拖將下去嚇得寶玉汗下如雨一面失聲喊叫可卿救我嚇得襲人輩衆丫鬟忙上來摟住叫寶玉不怕我們在這裡却說秦氏正在房外囑咐小丫頭們好生看着猫兒狗兒打架忽聞寶玉在夢中喚他的小名因納悶道我的小名這裡從無人知道他如何知得在夢中叫出來正在不解且聽下回分解

紅樓夢第五回終

紅樓夢第六回

賈寶玉初試雲雨情　劉老老一進榮國府

却說秦氏因聽見寶玉在夢中喚他的乳名心中自是納悶又不好細問彼時寶玉迷迷惑惑若有所失衆人忙端上桂圓湯來喝了兩口遂起身整衣襲人伸手與他繫褲帶時剛伸手至大腿處只覺氷冷一片粘濕唬的忙退出手來問是怎麼了寶玉紅漲了臉把他的手一捻襲人本是個聰明女子年紀又比寶玉大兩歲近來也漸省人事今見寶玉如此光景心中便覺察了一半不覺羞得紅漲了臉面遂不敢再問仍舊理好了衣裳隨至賈母處來胡亂吃過晚飯過這邊來襲人趁衆奶娘丫

鬟不在旁時另取出一件中衣與寶玉換上寶玉含羞央道好姐姐千萬別告訴別人襲人含羞笑問道你夢見什麼故事了是那裡流出來的那些髒東西寶玉道一言難盡便把夢中之事細說與襲人知了說至警幻所授雲雨之情羞的襲人掩面伏身而笑寶玉亦素喜襲人柔媚姣俏遂與襲人同領警幻所訓雲雨之事襲人自知係賈母將他與了寶玉的今便如此亦不爲越理遂和寶玉偷試了一番幸無人撞見自此寶玉視襲人更與別個不同襲人侍寶玉越發盡職暫且別無話說按榮府一宅中合算起來人口雖不多從上至下也有三百餘口事雖不多一天也有一二十件竟如亂麻一般並沒有個頭緒可

作綱領正思從那一件事那一個人寫起方妙却好忽從千里之外芥豆之微小小一個人家因與榮府畧有些瓜葛這日正往榮府中來因此便就這一家說起到還是個頭緒原來這小小之家姓王乃本地人氏祖上曾做過一個小小京官昔年曾與鳳姐之祖王夫人之父認識因貪王家的勢利便連了宗認作姪兒那時只有王夫人之大兄鳳姐之父與王夫人隨在京的知有此一門遠族餘者皆不知也目今其祖早故只有一個兒子名喚王成因家業蕭條仍搬出城外原鄉中住了王成亦相繼身故有子小名狗兒取妻劉氏生子小名板兒又生一女名喚青兒一家四口以務農為業因狗兒白日間又作些生計

劉氏又操井臼等事青板姊弟兩個無人管着狗兒遂將岳母劉老老接來一處過活這劉老老乃是個久經世代的老寡婦膝下又無子息只靠兩畝薄田度日如今女壻接了養活豈不願意遂一心一計幫着女兒女壻過活起來因這年秋盡冬初天氣冷將上來家中冬事未辦狗兒未免心中煩慮吃了幾杯悶酒在家閒尋氣惱劉氏不敢頂撞因此劉老老看不過乃勸道姑爺你別嗔着我多嘴咱們村庄人家那一個不是老老誠誠守着多大碗兒吃多大的飯你皆因年小時托着那老的福吃喝慣了如今所以把持不定有了錢就顧頭不顧尾沒了錢就瞎生氣成了什麽男子漢大丈夫了如今咱們雖離城住着

終是天子脚下這長安城中遍地皆是錢只可惜沒人會去拿罷了在家跳蹋也沒用狗兒聽了道你老只會在坑頭上坐着混說難道叫我打刼去不成劉老老說道誰叫你打刼去呢也到底大家想個方法兒纔好不然那銀子錢會自已跑到偺們家裡來不成狗兒冷笑道有法兒還等到這會子呢我又沒有收稅的親戚做官的朋友有什麼法子可想的便有也只怕他們未必來禮我們呢劉老老道這到也不然謀事在人成事在天偺們謀到了靠菩薩的保佑有些機會也未可知我到替你們想出一個機會來當日你們原是和金陵王家連過宗的二十年前他們看承你們還好如今是你們拉硬屎不肯去俯就

他故踈遠起來想當初我和女兒還去過一遭他家的二小姐着實爽快會待人的倒不拿大如今現是榮國府賈二老爺的夫人聽得他們說如今上了年紀越發憐貧恤老最愛齋僧布施如今王府雖陞了邊任只怕二姑太太還認得偺們你何不去走動走動或者他還念舊有些好處亦未可知只要他發一點好心抜一根寒毛比偺們的腰還壯呢劉氏一旁接口道你老說得是你我這樣嘴臉怎麼好到他門上去只怕他那門上人也不肯去通報沒的去打嘴現世誰知狗兒利名心重聽如此說心下便有些活動起來又聽他妻子這番話便笑接道老老既如此說況且當日你又見過這姑太太一次何不你老人

家明日就去走一遭先試試風頭看劉老老道噯喲可是說的侯門似海我是個什麽東西他家人又不認得我去了也是白去的狗兒道不妨我教你個法兒你竟帶了外孫小板兒先去找陪房周瑞若見了他就有些意思了這周瑞先時曾和我父親交過一樁事我們本極好的劉老老道我也知道只是許多時不走動知道他如今是怎樣這說不得的了你又是個男人這樣個嘴臉自然去不得我們姑娘年輕媳婦也難賣頭賣腳去倒還是捨了我這付老臉去碰一碰果然有些好處也大家有益當晚計議已定次日天未明時劉老老便起來梳洗了又將板兒教了幾句話五六歲的孩子聽見帶了他進城逛去便

喜的無不應承於是劉老老帶了板兒進城至寧榮街來至榮府大門前石獅子旁只見簇簇的轎馬劉老老便不敢過去且撣撣衣服又教板兒幾句話然後蹭在角門前只見幾個挺胸凸肚指手畫腳的人坐在大門上說東談西的劉老老只得挨上前來問太爺們納福衆人打量了他一會便問是那裡來的劉老老陪笑道我找太太的陪房周大爺的煩那位太爺替我請他出來那些人聽了都不採他半日方說道你遠遠的那墻脚下等着一會子他們家裡有人就出來的內中有一年老的說道不要悮了他的事何苦耍他因向劉老老道那周大爺往南邊去了他在後一帶住着他娘子却在家你從這邉遶到後

街門上找就是了劉老老謝了遂携着板兒逕至後門上只見門上歇着些生意擔子也有賣吃的也有賣頑耍的物件鬧吵吵三二十個孩子在那裡厮鬧劉老老便拉住一個道我問哥兒一聲有個周大娘可在家麼孩子道那個周大娘我們這周大娘有三個呢還有兩位周奶奶不知是那一行當上的劉老老道他是太太的陪房孩子道這個容易你跟我來引着劉老老進了後院至一院墻邊指道這就是他家忙又叫道周大媽有個老奶奶來找你呢周瑞家的在内忙迎了出來問是那位劉老老迎上來問了個好呀周嫂子周瑞家的認了半日方笑道劉老老你好呀你說這幾年不見我就忘了請家裡坐劉老老一面走一面笑說道你老是貴人多忘事了那裡還記得我們說着來至房中周瑞家的命僱的小丫頭倒上茶來吃着周瑞家的又問板兒倒長了這麼大了又問些别後閒話又問劉老老今日還是路過還是特來的劉老老便說原是特來瞧瞧你嫂子二則也請請姑太太的安若可以領我見一見更好若不能便借重嫂子轉致意罷了周瑞家的聽了便巳猜着幾分來意只因他丈夫昔年爭買田地一事多得狗兒之力今見劉老老如此心中難却其意二則也要顯弄自已的體面便笑說老老你放心大遠的誠心誠意來了豈有個不教你見個正佛去的論理人來客至囘話却不與我相干我們這裡都是各占

一樣兒我們男的只管春秋兩季地租子閒時帶着小爺們出門就完了我只管跟太太奶奶們出門的事皆因你老是太太的親戚又拿我當個人投奔了我來我竟破個例與你通個信去但只一件老老有所不知我們這裡不比五年前了如今太太不大理事都是璉二奶奶當家了你道這璉二奶奶是誰就是太太內姪女兒當日大舅老爺的女兒小名鳳哥的劉老老聽了罕問道原來是他怪道呢我當日就說他不錯的這等說來我今兒還得見了他周瑞家的道這個自然的如今有客來都是鳳姑娘周旋接待今兒寧可不見太太倒要見他一面纔不枉走這一遭兒劉老老道阿彌陀佛這全仗嫂子方便了

周瑞家的說老老說那裡話俗語說的自已方便與人方便不過用我一句話兒那裡費了我什麼事說着便喚小了頭到倒廳上悄悄的打聽老太太屋裡擺了飯沒有小了頭去了這裡二人又說了些閒話劉老老因說這位鳳姑娘今年不過二十歲罷了就這等有本事當這樣的家可是難得的周瑞家的聽了道嗐我的老老告訴不得你呢這位鳳姑娘年紀雖小行事却比是人都大呢如今出跳得美人一般的模樣兒少說些有一萬個心眼子再要賭口齒十個會說的男人也說不過他呢回來你見了就知道了就只一件待下人未免嚴了些說着小了頭回來說老太太屋裡已擺完了飯二奶奶在太太屋裡

呢周瑞家的聽了連忙起身催着劉老老快走這一下來他吃飯是空兒偺們先等着去了若遲一步囘事的人多了就難說話再歇了中覺越發没了時候了說着一齊下了炕整頓衣服又教了板兒幾句話隨着周瑞家逶迤往賈璉的住宅來先到倒廳周瑞家的將劉老老安插在那裡略等一等自巳先過影壁走進了院門知鳳姐未出來先找着了鳳姐的一個心腹通房大了頭名喚平兒的周瑞家的先將劉老老起初來歷說明又說今日大遠的來請安當日太太是常會的今兒不可不見所以我帶了他進來等奶奶下來我細細囘明諒奶奶也不責我莽撞的平兒聽了便作了個主意叫他們進來先在這裡坐着

就是了周瑞家的方出去領了他們進來上了正房台階小了頭打起了猩紅氈簾纔入堂屋只聞一陣香撲了臉來竟不辯是何氣味身子便似在雲端裡一般滿屋中之物都是耀眼爭光使人頭暈目眩劉老老此時點頭咂嘴念佛而巳於是引他到東邊這間屋裡乃是賈璉的大女兒睡覺之所平兒站在炕沿邊打量了劉老老兩眼只得問個好讓了坐劉老老見平兒徧身綾羅揷金戴銀花容月貌的便當是鳳姐兒了纔要稱姑奶奶只見周瑞家的說他是平姑娘又見平兒趕着周瑞家的叫他周大娘方知不過個是有體面的丫頭於是讓劉老老和板兒上了炕平兒和周瑞家的對面坐在炕沿上小丫頭們倒

了茶來吃了劉老老只聽見咯噹咯噹的响聲大有似乎打羅櫃篩麵的一般不免東瞧西望的忽見堂屋中柱子上着掛一個匣子底下又墜着一個秤鉈般一物却不住的亂晃劉老老心中想着這是什麼東西有煞用呢正獃時陡聽得噹的一聲又若金鐘銅磬一般倒唬了一跳展眼接着又是一連八九下於欲問時只見小了頭們一齊亂跑說奶奶下來了平兒與周瑞家的忙起身說劉老老只管坐着等是時候我們來請你說着迎出去了劉老老只屏聲側耳默候只聽遠遠有人笑聲約有一二十個婦人衣裙悉索漸漸入堂屋往那邉屋內去了又見三兩個婦人都捧着大紅漆捧盒進這邊來等候聽得那邊說道擺飯漸漸的人纔散出去只有伺候端菜幾人半日鴉雀不聞忽見兩個人抬了一張炕桌來放在這邊炕上桌上碗盤擺列仍是滿滿的魚肉在內不過畧動了幾樣板兒一見了便吵着要肉吃劉老老一把掌打了開去忽見周瑞家的笑嘻嘻走過來招手兒叫他劉老老會意於是帶着板兒下炕至堂屋中周瑞家的又和他唧唧了一會方蹭到這邉屋內只見門外銅鈎上懸着大紅灑花軟簾南窻下是炕炕上大紅條氊靠東邊板壁立着一個鎖子錦靠背與一個引枕鋪着金心綠閃緞大坐褥傍邉有銀唾盒那鳳姐家常帶着紫貂昭君套圍着那攢珠勒子穿着桃紅洒花袄石青刻絲灰鼠披風大紅洋縐銀鼠

皮裙粉光脂艷端端正正坐在那裡手內拿着小銅火箸兒撥手爐內的灰平兒站在炕沿邊捧着小小的一個填漆茶盤盤內一個小蓋鍾鳳姐也不接茶也不抬頭只管撥手爐的灰慢慢的道怎麽還不請進來一面說一面抬身要茶時只見周瑞家的已帶了兩個人立在面前了這纔忙欲起身猶未起身滿面春風的問好又嗔周瑞家的怎麽不早說劉老老已是在地下拜了數拜問姑奶奶安鳳姐忙說周姐姐攙着不拜罷我年輕不大認得可也不知是甚麽輩數不敢稱呼周瑞家的忙回道這就是我纔回的那個老老了鳳姐點頭劉老老已在炕沿上坐下了板兒便躲在他背後百端的哄他出來作揖他死也

不肯鳳姐笑道親戚們不大走動都踈遠了知道的呢說你們棄厭我你不肯常來不知道的那起小人還只當我們眼裡沒有人似的劉老老忙念佛道我們家道艱難走不起來了這裡沒的給姑奶奶打嘴就是管家爺們看着也不像鳳姐笑道這話沒的教人惡心不過借賴着祖父虛名作個窮官兒罷了誰家有什麽不過是個舊日的空架子俗語說朝廷還有三門子窮親呢何況你我說着又問周瑞家的回了太太了沒有周瑞家的道如今等奶奶的示下鳳姐兒道你去瞧瞧要是有人有事就罷得閒呢就回看怎麽說周瑞家的答應去了這裡鳳姐叫人抓些菓子與板兒吃剛問了幾句閒話時就有家下許多

媳婦兒管事的來回話平兒回了鳳姐道我這裡陪客呢晚上再來回若有要緊的你就帶進現辦平兒出去一會進來說我問了沒什麽要緊事我就叫他們散了鳳姐點頭只見周瑞家的回來向鳳姐道太太說了今日不得閑二奶奶陪着便一樣的多謝費心想着白來逛逛呢便罷若有甚說的只管告訴二奶奶都是一樣劉老老道也沒甚的說不過是來睄睄姑太太姑奶奶也是親戚們情分周瑞家的說道沒有甚說的便罷若有話只管回二奶奶是和太太一樣的一面說一面遞眼色與劉老老劉老老會意未語先飛紅的臉欲待不說今日又所爲何來只得忍恥道論理今日初次見姑奶奶却不該說的只是大

遠的奔了你老這裡來少不得說了剛說到這裡只聽二門上小厮們回說東府裡小大爺進來了鳳姐忙止道劉老老不必說了一面便問你蓉大爺在那裡呢只聽一路靴子脚响進來了一個十七八歲的少年面目清秀身材夭嬌輕裘寶帶美服華冠劉老老此時坐不是立不是藏沒處藏鳳姐笑道你只管坐着這是我姪兒劉老老方扭扭捏捏在炕沿上坐了賈蓉笑道我父親打發我來求嬸子說上回老舅太太給嬸子的那架玻璃炕屏明日請一個要緊的客借去略擺一擺就送過來的鳳姐道遲了一日昨兒已給了人了賈蓉聽說便嘻嘻的笑着在炕沿上下個半跪道嬸子若不借我父親又說我不會說

話了又挨了一頓好打呢嬸子只當可憐姪兒罷鳳姐笑道也沒見我們王家的東西都是好的你們那裡也放着那些好東西只是看不見我的東西纔罷一見了就要想拿去賈蓉笑道只求開恩罷鳳姐道碰壞一點你可仔細你的皮因命平兒拿了樓門上鑰匙傳幾個妥當人來抬去賈蓉喜的眉開眼笑忙說我親自帶了人拿去別由他們亂碰說着便起身出去了這鳳姐忽又想起一事來便向䆫外叫蓉兒回來外面幾個人接聲說請蓉大爺快回來賈蓉忙轉回來垂手侍立聽何指示那鳳姐只管慢慢地吃茶出了半日神方笑道罷了你且去罷晚飯後你來再說罷這會子有人我也沒精神了賈蓉方慢慢退

去這劉老老身心方安便說道我今日帶了你姪兒不爲別的只因他爹娘在家裡連吃的也沒有天氣又冷了只得帶了你姪兒奔了你老來說着又推板兒道你爹在家裡怎麼教你的打發偺們來作煞事的只顧吃菓子呢鳳姐早已明白了聽他不會說話因笑止道不必說了我知道了因問周瑞家的道這老老不知可用了早飯沒有呢劉老老忙道一早就往這裡趕咧那裡還有吃飯的工夫咧鳳姐忙命快傳飯來一時周瑞家的傳了一桌客饌來擺在東邊屋裡過來帶了劉老老和板兒過去吃飯鳳姐說道周姐姐好生讓着些兒我不能陪了於是過東邊房裡來鳳姐又叫過周瑞家的去道方纔回了太太說

了些什麼周瑞家的道太太說他們原不是一家是當年他們的祖與老太爺在一處做官因連了宗的這幾年不大走動當時他們來了却也從沒空過的今兒來瞧瞧我們也是他的好意不可簡慢了他便有什麼話說叫二奶奶裁奪着就是了鳳姐聽了說道怪道既是一家子我如何連影兒也不知道說話間劉老老已吃完了飯拉了板兒過來舔唇咂嘴的道謝鳳姐笑道且請坐下聽我告訴你老人家方纔的意思我已知道了論親戚之間原該不待上門來就有照應纔是但如今家中事情太多太太上了年紀一時想不到是有的况我接着管事都不大知道這些親戚們一則外面看着雖是烈烈轟轟不知大有

大的難處說與人也未必信呢今你既大遠的來了又是頭一次兒向我張口怎好教你空手回去可巧昨兒太太給我的丫頭們作衣裳的二十兩銀子還沒動呢你不嫌少且先拿了去用罷那劉老老先聽見告艱苦只當是沒想頭了又聽見給他二十兩銀子喜得眉開眼笑道我們也知艱難的但俗語道瘦死的駱駝比馬還大些凴他怎樣你老拔一根寒毛比我們的腰還壯哩周瑞家的在旁聽見他說的粗鄙只管使眼色止他鳳姐笑而不採叫平兒把昨兒那包銀子拿來再拿一串錢來都送至劉老老跟前鳳姐道這是二十兩銀子暫且給這孩子們作件冬衣罷改日無事只管來逛逛方是親戚們的意思天

也晚了不虛留你們了到家該問好的都問個好兒一面說一面就站了起來了劉老老只是千恩萬謝的拿了銀錢隨周瑞家的走至外廂周瑞家的道我的娘你怎麼見了他到不會說了開口就是你姪兒我說句不怕你惱的話便是親姪兒也要說和軟些那蓉大爺纔是他的姪兒呢他怎麼又跑出這樣姪兒來了劉老老笑道我的嫂子我見了他心眼兒愛還不愛過來那裡還說上話兒來二人說着又至周瑞家坐了片刻劉老老要留下一塊銀與周家的孩子們買菓子吃周瑞家的如何放在眼裡執意不肯劉老老感謝不盡仍從後門去了未知劉老老去後如何且聽下回分解

紅樓夢第六回終